Ceri a Deri

ADEILADU TŶ I ADERYN

Mae'r llyfr hwn
yn eiddo i:

_____

Ceri a Deri – Adeiladu Tŷ i Aderyn
Cyhoeddwyd ym Mhrydain yn 2021 gan Graffeg
Limited.

Ysgrifennwyd a darluniwyd gan Max Low,
hawlfraint © 2018. Dyluniwyd a chynhyrchwyd
gan Graffeg Limited hawlfraint © 2021.
Addaswyd gan Mary Jones.

Graffeg Limited, 24 Canolfan Busnes Parc
y Strade, Heol Mwrwg, Llangennech, Llanelli,
Sir Gaerfyrddin SA14 8YP Cymru
Tel 01554 824000 www.graffeg.com

Mae Max Low drwy hyn yn cael ei gydnabod yn
awdur y gwaith hwn yn unol ag adran 77 o Ddeddf
Hawlfreintiau, Dyluniadau a Phatentau 1988.

Mae cofnod Catalog CIP ar gyfer y llyfr hwn i'w
gael o'r Llyfrgell Brydeinig.

ISBN 9781912050055

1 2 3 4 5 6 7 8 9

Ceri a Deri

ADEILADU TŶ I ADERYN

Max Low

Ceri

Deri

GRAFFEG

Cath yw Ceri. Ci yw Deri.

Mae streipiau gan Ceri a smotiau sydd gan Deri.

Maen nhw'n byw mewn tref fechan wrth ymyl rhiw fawr

ac maen nhw'n gwneud popeth gyda'i gilydd.

Maen nhw'n ffrindiau mawr.

Un diwrnod mae Ceri a
Deri yn cerdded ar hyd
y stryd ac yn gweld bod
rhywbeth yn eu dilyn.

Aderyn bach sydd yna!

Mae'r aderyn bach
chwilfrydig yn dod yn nes
ac yn neidio ar ben Deri.

'Ble rwyt ti'n byw?' mae
Ceri'n gofyn.

Dydy'r aderyn bach yn
dweud dim byd.

'Dydw i ddim yn credu bod
ganddo gartref,' meddai
Deri.

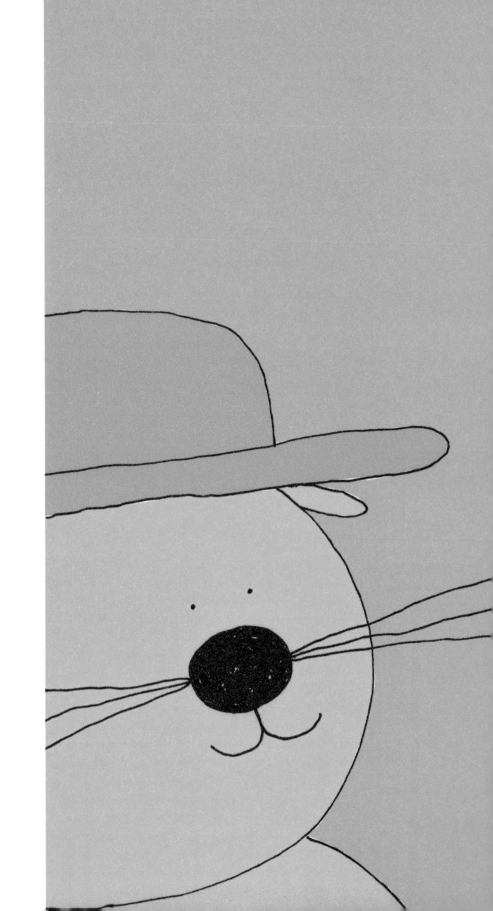

'Beth allwn ni wneud?'
mae Deri'n gofyn. 'Dydy
e ddim yn gallu aros ar fy
mhen i drwy'r amser!'

'Gad inni wneud tŷ iddo,'
meddai Ceri. 'Rwy'n credu
y bydden ni'n dda iawn yn
gwneud un.'

Mae Ceri a Deri yn cytuno bod hyn yn syniad gwych ac maen nhw'n troi i fynd adre. Mae'r aderyn bach yn mynd gyda nhw, yn dal i sefyll ar ben Deri.

Does dim gwahaniaeth gan Deri a dweud y gwir – mae'n gwneud iddo deimlo'n arbennig.

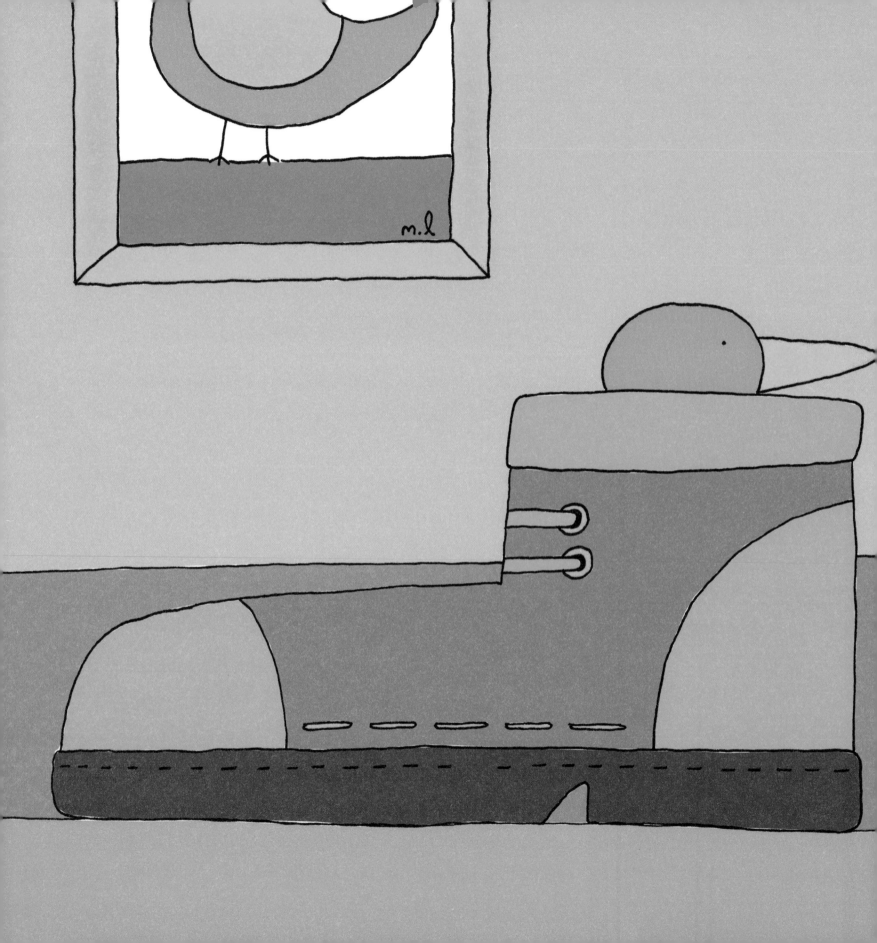

Mae'r ddau'n edrych ymlaen yn fawr at ddechrau llunio'r tŷ mwyaf rhyfeddol i aderyn bach.

'Dylai fod teleffon yn y cyntedd er mwyn iddo allu galw ...' meddai Ceri.

'...a lle ar gyfer ei esgidiau i gyd!' meddai Deri.

'Ydy adar yn gwisgo esgidiau?' mae Ceri'n gofyn.

'Dydw i ddim yn gwybod, ond pe baen nhw, fe fydden nhw'n rhai hardd iawn!' meddai Deri.

'Ac yn y gegin dylai fod llawer iawn o fwyd adar...' meddai Ceri.

'A rhai blodau a sinc...' meddai Deri.

'Ond nid yn y sinc y dylai'r blodau fod...' meddai Ceri.

'Nage, dylen nhw fod mewn llestr blodau,' meddai Deri.

'Does yna neb yn defnyddio ystafelloedd bwyta, oes yna?' mae Ceri yn gofyn.

'Dydw i ddim yn credu,' meddai Deri.

'Felly, gad inni ei llenwi â balwnau!' meddai Ceri.

'Wrth gwrs!' meddai Deri.

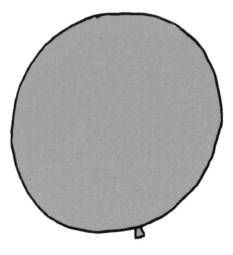

'Dylai'r papur wal yn yr ystafell fyw gael lluniau coed ym mhobman, er mwyn i'r aderyn deimlo'n gartrefol,' meddai Deri.

'A rhaid cael peiriant chwarae recordiau er mwyn iddo gael gwrando ar adar yn canu!' meddai Ceri.

'Wrth gwrs dylai'r ystafell
ymolchi gael bath braf,'
meddai Ceri.

'Wrth gwrs,' meddai Deri.

'A rhaid iddo gael sleid
ddŵr yn mynd i mewn i'r
bath,' meddai Ceri.

'Wrth gwrs,' meddai Deri.

'A dylai'r aderyn gael
peiriant i greu tonnau,
wrth gwrs,' meddai Ceri.

'Wrth gwrs,' meddai Deri.

'Dylen ni beintio sêr y tu mewn i'r ystafell wely i edrych fel pe bai'r aderyn yn cysgu tu allan,' meddai Deri.

'Ooo... a gallen ni gael gwely sy'n edrych fel car rasio...' meddai Ceri.

'Ooo... a meddylia am fynd i gysgu yn yr awyr agored mewn car rasio,' meddai Deri.

'Bydd angen swyddfa ar yr aderyn, ond dydw i ddim yn gwybod beth yw ei waith,' meddai Ceri.

'Wel, mae adar yn hoffi hedfan, felly mae'n debyg mai peilot awyren ydy e,' meddai Deri.

'Os felly, bydd rhaid i'w swyddfa fod fel tu blaen awyren er mwyn iddo gael ymarfer hedfan awyrennau,' meddai Ceri.

'A dylai'r tŷ fod ar ben
coeden fawr fel na fydd
yr adar eraill yn ofni dod i
ymweld...' meddai Ceri.

'Ie, a beth am gael glanfa i
awyren ar y to?' mae Deri'n
gofyn.

Mae Ceri a Deri yn dod â'u pinnau a'u papur ac yn tynnu llun yr ystafelloedd rhyfeddol a'r dodrefn gwych roedden nhw wedi'u dychmygu.

Ar ôl iddyn nhw orffen, mae eu cynllun ar gyfer y tŷ yn edrych yn lliwgar a smart iawn.

Nawr rhaid iddyn nhw obeithio bod eu sgiliau adeiladu cystal â'u cynllun!

Maen nhw'n gosod eu hoffer a'u defnyddiau i gyd gyda'i gilydd, heb anghofio'u hetiau caled, rhag ofn, ac yn dechrau gweithio...

'Hmm, wel, mae'n siŵr
na fedrwn ni fod yn dda
iawn yn gwneud POPETH,'
meddai Deri, gan edrych ar
y canlyniadau. 'Efallai y bydd
arnom angen help ar gyfer
hynny!'

'Mae'n siŵr y bydd yn rhaid
iti fyw gyda ni am nawr,
aderyn bach. Fe fydd yn hwyl,
oherwydd rydyn ni'n mynd i
gael te nawr!' meddai Ceri.

Dydy'r aderyn bach ddim
yn siŵr beth yw te, ond
mae'n swnio'n dda, felly
mae'n sboncio i mewn i'w
dŷ newydd gyda'i ffrindiau
newydd.

Ceri a Deri